DE LA

DIGNITÉ DE L'AVOCAT

DÉDIÉ

A la Chambre de l'Ordre,

SUIVI

D'UNE MESSE AUX MADELONNETTES

DÉDIÉE

A M. l'abbé BILLETTE, Aumônier de cette Maison.

PAR AUGUSTE **BONJOUR**,

Avocat à la Cour impériale de Paris.

PRIX : 1 FR.

PARIS,

CHEZ DENTU, LIBRAIRE-ÉDITEUR,

AU PALAIS-ROYAL, GALERIE D'ORLÉANS, 13.

1858

DE LA

DIGNITÉ DE L'AVOCAT

DÉDIÉ

A la Chambre de l'Ordre,

SUIVI

D'UNE MESSE AUX MADELONNETTES

DÉDIÉE

A M. l'abbé BILLETTE, Aumônier de cette Maison,

ET D'UNE PIÈCE DE VERS SUR

LA MORT DE PAILLET

DÉDIÉE AU BARREAU DE PARIS.

Deuxième Édition;

PAR AUGUSTE **BONJOUR**,

Avocat à la Cour impériale de Paris.

PRIX : 1 FR.

PARIS,

CHEZ DENTU, LIBRAIRE-ÉDITEUR,

AU PALAIS-ROYAL, GALERIE D'ORLÉANS, 13.

1858

DIGNITÉ DE L'AVOCAT

HOMMAGE

A la Chambre de l'Ordre.

D'esprits les plus divers pléiades fraternelles,
Qui, chefs de vos égaux, n'êtes que leurs modèles,
Prêtres du tabernacle aux lévites mêlés
Qu'aux soins de notre foi nos vœux ont appelés,
De ces entraînements que le beau seul inspire
Doux orgueil qui s'élève aux sujets qu'il admire,
D'où vient que je vous aime? Au sortir du saint lieu,
Brûlant encor des traits de sa verve de feu,
Qui de vous n'a senti sous trente mains captive
Sa main, loyal tribut d'un encens qu'il esquive?
De vos succès pourquoi n'être pas envieux?
Pourquoi de vos lauriers nos fronts si radieux?

Charmes secrets des cœurs! effluves électriques!
D'où partent, répondez, nos transports sympathiques?
C'est que de tous les arts où gravitent nos jours
Le nôtre aux dons de l'âme ouvre un plus large cours,
C'est, qu'aux formes du bien incessamment polie,
L'âme s'affine au culte auquel notre art nous lie,
Ailleurs tu n'es qu'un mot, sainte fraternité!
Au fond de notre sein ton trône est cimenté;
C'est là, comme au giron d'une seule famille,
Qu'en nos bras enlacés toute ta force brille.
Si la main du Très-Haut grava sur nous ses traits
Symbole où s'accomplit le plus grand des bienfaits,
Ces traits! sont les reflets de l'essence divine
Dont il voulut sceller notre illustre origine :
L'amour et la pensée! abîmes de clartés,
Fleuves jumaux mêlant leurs flots illimités,
Trésor de l'esprit vaste et du cœur magnanime,
Source, élément et fin de toute œuvre sublime;
Double divinité, gloire aux rares mortels,
Dont l'offrande à la fois pare tes deux autels!
Comme aux vieux temps guerriers, merveilles de l'histoire,
Des preux dont cent exploits avaient conquis la gloire,
Les descendants parfois d'un saint respect épris,
De leur donjon ducal visitaient les lambris.
Devant ses cadres d'or disposés d'âge en âge
De l'antique lignée évoquaient chaque page,
De tel aïeul quel sceptre azura l'écusson?
Quels fuseaux de tel autre offrirent la rançon?
Tel autre à quel assaut sous le fer et la flamme
Sur les murs le premier planta son oriflamme?
Puis pensifs, recueillis, une lampe à la main,
Descendaient du caveau l'escalier souterrain;

Là, front baissé, les mains jointes pour la prière,
S'agenouillant dessous la voûte funéraire,
Contemplaient ces grands corps sur le marbre endormis,
Prêts à bondir au bruit des clairons ennemis,
Ces écus appendus aux pilastres gothiques,
Faussés dans vingt combats, belliqueuses reliques,
Ces masses, ces fléaux et ces haches d'acier,
La lourde épée à fendre un casque tout entier,
Puis du doigt dispersant la noirâtre poussière
S'enivraient des hauts faits racontés sur la pierre :
L'un voit son ennemi dont le casque est rompu,
Il jette au loin le sien et combat le front nu,
L'autre abattu trois fois, se fait rendre l'épée
Que trois fois dans son sein le vainqueur a trempée,
L'emmène et pour hommage à la face du camp,
Lui met l'écharpe due au meilleur combattant.
Combien sur ces tombeaux, palpitantes chroniques
De gages inspirants! d'avances prophétiques
Pour ces preux qui, le bras vers le sein des héros,
Juraient de s'illustrer par des coups aussi beaux!
Frères! à nous aussi notre chevalerie!
Le fer a-t-il le droit seul d'illustrer la patrie!
De l'étui blasonné tirons nos parchemins,
De l'honneur mieux que nous qui connaît les chemins?
L'honneur! mot solennel! mot puissant qui s'enchaîne
Aux dogmes les plus purs de la morale humaine!
Mot divin qui résume à nos sens éperdus
Tout ce que l'Évangile embrasse de vertus!
Oh! mais l'honneur pour nous! non cet honneur vulgaire
Qui, le doigt sur les lois, s'incline à leur barrière,
Rend les bienfaits qu'il pèse, et s'endort satisfait,
Dans l'orgueil indulgent de n'avoir rien mal fait.

Honneur froid, nivelé, de mesure et de dose
De tous nos bons défunts constant apothéose,
A notre honneur il faut, dans ses austérités,
Les dons exquis de l'âme en Caton si vantés,
Ce sens fin, délicat, intuitive lumière,
Qui sur le moindre écueil l'avertit et l'éclaire,
Cette trempe inflexible où s'usent les ressorts
De la fraude épuisée en impuissants efforts,
Du devoir l'amour saint, rival du fanatisme
N'espérant d'autre prix qu'en son seul héroïsme,
Cette fièvre du vrai, ces tourments inquiets
De ne jamais du juste approcher assez près,
Telle est de notre honneur l'incomplète peinture,
Pour d'autres, lourd fardeau, pour nous, douce nature,
Mais que de verts rameaux s'enlacent pour nos fronts!
Quels bandeaux surmontés de plus nobles fleurons!
Sans armes, sous les coups de sa seule éloquence,
Courber la force injuste et l'inique puissance,
Épouvanter l'audace et l'orgueil de géant,
De ces grandeurs d'hier, atomes du néant,
Venger l'honneur blessé, briser sans violence
Le coffre-fort d'airain de l'impure opulence,
Ce frêle adolescent qui n'a plus que la main
Que du tombeau lui tend son père pour soutien,
Contre des ravisseurs la meute à soif ardente
Pareils aux sangliers hors des bois d'Érimante,
Défendre pied à pied son verger d'orphelin,
Implorer pour la veuve en longs voiles de lin,
Rendant à son éclat la fleur qu'elle a ternie
De stigmates brûlants flétrir la calomnie,
Voir, par un juste arrêt, le glaive menaçant
S'écarter à sa voix du front de l'innocent,

Du riche sage appui, la lumière du prince,
Entendre retentir de province en province
Fruit que le vrai talent a droit seul de cueillir,
Son éloge qu'il tait, loin de s'enorgueillir,
Des splendeurs du pouvoir investi sans ivresse,
Hors de ses dignités qu'il pose avec noblesse
Un matin coude à coude, affable parmi nous,
Fier, remettre au grand jour sa robe de dessous,
Et, comme en un vaisseau brille de loin la hune,
Sous l'éclat d'un grand nom pavoi de la fortune,
A son corps défendant s'enrichir de succès,
Moissonner nos lauriers, gagner nos grands procès,
Oh! plus, bien plus encor, venir en volontaire
De l'innocence en pleurs patroner la misère.
Eh bien! frères, la main au cœur et dites-nous,
De ses fiers battements qui ne serait jaloux?
Oh! pour ceindre son front d'une telle auréole
Il est une prêtresse, impérieuse idole
Avide de tributs nuit et jour apportés,
Jalouse des instants qui lui sont disputés,
Elle montre du doigt deux chemins : l'un s'arrête,
De la gloire à pas lents l'autre conduit au faîte,
Gloire ou repos, choisis, tel est l'arrêt sacré.
L'étude, je pâlis à ce mot révéré!
Étude! au front qui penche, au teint blême et livide,
Au visage creusé sous la lampe homicide,
A toi livrer ses jours sans relâche et sans fin!
Que ta coupe est amère et rude un tel destin!
Oh! blasphème! c'est toi divine enchanteresse,
Qui, de nos jours ternis quand la chaîne nous blesse,
T'approches souriante, un Plutarque à la main,
Et vers des cieux dorés nous transportes soudain ;

C'est toi qui, soulevant leur linceul de poussière,
Aux fastes des vieux temps viens rendre la lumière,
Sous ses antiques traits montres l'esprit humain
Salué parmi nous comme un contemporain.
Oh! viens, compagne aimable et sœur de la science,
Guider les pas errants de mon intelligence.
Fidèle à toi, dès l'aube entr'ouvrant mes rideaux,
Quand Janvier de frimas dentelle mes vitraux,
De ma pincette armé sous la cendre j'éveille
Le feu de mes tisons respectés de la veille;
Entre une table étroite et mon foyer assis
J'ignore si de froid mes membres sont transis.
Bientôt à ma fenêtre a glissé l'hirondelle,
Suis-moi sous ces berceaux où mai de loin m'appelle,
Si la brise impolie emporte mes arrêts,
Du poids de ces cailloux enchaîne ces feuillets;
C'est au calme des champs que s'éveille et s'anime
L'imagination que le fracas opprime,
Aux splendeurs d'un ciel pur se glissent dans mes sens
Je ne sais quels transports, mon cœur s'ouvre et je sens,
Quand se balance aux fleurs la goutte de rosée,
Son parfum matinal inonder ma pensée.
Dès l'aube à pleines mains puisons à ton trésor,
Étude, et qu'en tes bras le soir nous trouve encor!
Plaideurs! pour vous quels soins! quel zèle sans limites!
Sans limites! oh! non! mais où dorment écrites
Ces bornes où la ronce au delà nous attend,
Comme un piége imprévu que votre main nous tend?
Partout et nulle part, dans le devoir, croix sainte,
Qui, sans montrer le mal, nous présage la crainte,
Dans ces avis secrets où, vaguement captif,
Notre esprit malgré nous rend le zèle rétif.

Qu'une veuve, oh! sur nous le deuil a tant d'empire!
D'affreux pressentiments nourrissant son délire,
A genoux, le front pâle et les cheveux épars,
Vous prie, aux cieux levant les plus touchants regards,
Sur ses jours menacés, pour amortir l'orage,
Du fiel d'un ennemi d'adoucir le langage;
Qu'elle étreigne vos mains, par bonds précipités
Que son sein se torture en sanglots!.... résistez.
L'œil en feu, menaçant, qu'à la prière jointe,
D'un poignard vers ce sein elle lève la pointe!
 « De grâce, au nom du ciel, pour moi faites un pas!
 « Promettez.... ou je frappe! › Oh! ne le faites pas!
L'Ordre entier vous regarde et, juste aréopage,
Vous apprendrait jusqu'où l'émotion engage.
De nos fragilités arbitres vigilants,
Quels doux besoins d'absoudre et quels vœux consolants!
Oh! reproduisez-nous ces tours de phrase affables,
Murs secrets! ces accents émus, inimitables,
Que l'esprit cherche en vain, que l'âme sait trouver,
Baume heureux des tourments qu'ils tremblent d'aggraver,
Ces juges de nos rangs! c'est leur voix fraternelle
Qui nos mains dans leurs mains, nous guide et nous rappelle,
C'est le baiser qui gronde et caresse en blâmant,
Oh! n'encourons jamais leur attendrissement!
Sur ce seuil qu'ont franchi tant d'illustres mérites
Quels aiguillons de gloire! ô fervents néophites!
Quand des champs désertés, après un doux repos,
Thémis, le front bruni, vient rouvrir nos travaux.
C'est pour vous noble fête et brillante journée!
Liouville, Bethmont, d'Aguesseaux de l'année,
Du vain faste des mots dédaignant le soutien,
D'un solennel discours font un doux entretien.

Qui surprendra l'esprit à de plus simples charmes?
De meilleurs arsenaux saura tirer vos armes ?
Toi, qui, dans l'infini voguant à plein essor,
Des champs de la pensée agrandis le trésor,
Qu'au rang des déités dans son amour suprême
Brutus reconnaissant adorait pour toi-même.
Travail ! qui te peindra de plus vives couleurs?
De feux plus pénétrants fera brûler nos cœurs?
Toi, de l'humanité la sœur et la convive,
Préférant aux lauriers la branche où pend l'olive (*),
Toi, *plaisir de plaider* (**), devise de blason,
Dont Paillet de Liouville empalma l'écusson,
Vous, nés aux doux accents d'éloges unanimes
De l'orgueil le plus pur élans si légitimes,
Délices du triomphe, où dans un prompt oubli
Nuits, soins, tourments, labeurs où le front a pâli,
Tout s'éteint, disparaît, s'envole à d'autres gloires,
Seul tribut trop souvent de si chères victoires !
Vos charmes saisissants et vos plaisirs si fins,
Nos charmes, nos plaisirs sont déjà nos destins;
Un éclair triomphal à l'horizon rayonne,
Chacun d'un beau talent se pare et se couronne.
Oh! ce n'est rien encor! sans vertus le talent
N'est qu'un écrin sans prix veuf de son diamant;
L'or en mille ornements sur ses faces ruisselle,
Un rubis théâtral à ses coins étincelle,
Quel trésor doit vêtir un si pompeux manteau!
Ouvrez-le, rien! mais rien qu'un trompeur écriteau!

(*) La conciliation.
(**) Un jour Me Paillet voyant Me Liouville courant, d'une chambre
où il venait de plaider, à une autre chambre où l'attendait une nouvelle
affaire, dit : Voilà *le plaisir de plaider* qui passe.

Inquiète au départ, votre jeune droiture
Pour diriger sa force a besoin de culture,
Aux angles de notre art leurs préceptes adroits
Suspendent des fanaux sur nos détours étroits,
Jusqu'aux mœurs du foyer leur souci vient s'étendre ;
Hommes de bien partout, heureux de vous apprendre
Ce que votre vertu qu'ils prennent par la main
Peut laisser de duvet aux buissons du chemin.
Avocat, probité, voilà toute la robe,
Au soin de leur amour nul point ne se dérobe,
Prodigue de ses dons leur cœur ouvre un trésor
Vaste, accessible à tous, ce n'est pas tout encor.
Essor de la parole aux ailes incertaines !
Timidité, brisant, jetant au loin ses chaînes !
Un prétoire à la fois fictif et sérieux!
Plaidez, luttez, jugez tour à tour sous leurs yeux.
Quels plaisirs sans regrets ! quelle émotion pure !
De faire condamner vingt plaideurs en peinture !
De voir le lendemain aux feuilles de Thémis
Les lances du tournoi, les talents qu'on a mis!
Que vos lauriers naissants, jeunes poursuivants d'armes,
En des yeux maternels ont mis de douces larmes !
Art ! touchant privilége où chacun reste égal,
Où le mérite seul dépasse un front rival,
Où le rang, le berceau, les titres, la richesse
Agiteraient en vain leurs mouchoirs de noblesse,
Où, sous le bonnet noir, la robe, le rabat,
Uniforme fidèle et l'orgueil du soldat,
Chacun sans dévoiler où ses aïeux périrent,
Au seuil que des dons saints à l'indigence ouvrirent,
Sous le chaume ou le marbre au granit affermi,
S'ouvre une main sincère et le cœur d'un ami,

Art qui, de nos désirs que la vertu tempère,
Peux combler à toi seul la coupe au cœur si chère,
Pour toi, ce rêve ardent, l'énigme des mortels,
La vague liberté garde ses dons réels.
Mais comment te saisir indépendance vaine ?
Ton être indéfini dans ses doutes m'enchaîne.
Le pouvoir ! essayons, affranchira mes jours
De ce loisir fiévreux qui pèse sur leur cours,
L'intrigue dégradante à ses anneaux me lie,
A ses prosternements j'asservis ma folie,
J'arrive ! d'envieux mon poste est assiégé,
J'épuise à m'y tenir tous les instants que j'ai;
Des arts indépendants l'auréole m'enivre,
J'attends qu'un protecteur la signe et la délivre.
Assujetti partout, l'homme s'efforce en vain
De ne voir que ses vœux pour limite et pour frein.
Fiers de vos libertés, vous avez vos entraves;
Direz-vous, du public vous êtes les esclaves ;
Non, veut-il de son fiel que lâches traducteurs
Nous armions nos discours de tisons imposteurs,
A flots éblouissants l'or suivra la victoire,
L'équité nous arrête, et c'est encor la gloire
Unie aux seuls liens de notre liberté :
La sagesse, un sens droit, l'austère vérité.
Grands ! ce sont vos splendeurs que l'hommage couronne,
Nous, c'est notre front seul que l'estime environne.
Par nos talents grandis, enrichis sans trafic,
Notre nom, notre bien, bravent le fiel public.
C'est vers nous qu'en ses maux se tourne la patrie,
Chérissons donc notre art jusqu'à l'idolâtrie.
Pontifes et gardiens de nos augustes lois,
Volontés que le ciel transmet par votre voix,

Qui, par l'intégrité bien plus que par la toge,
Imposez notre amour, nos respects, notre éloge,
Dont l'esprit recueilli, plus que le nôtre actif,
Sur nos drapeaux croisés doublement attentif,
En suit d'un zèle égal les plis qui se déroulent,
Et sans peser le poids des longs instants qui coulent,
Quand l'avocat jugé se lève et disparaît,
Immole à trente encor un naissant intérêt,
A vous le peuple doit sa libre obéissance,
Le sceptre son flambeau, le pouvoir sa puissance,
Nous, ces nobles accueils, ce bienveillant appui,
L'air pur qui nous inonde où la justice luit,
Ce doux parfum du temple et ses reflets de gloire.
Magistrats! oh, mon cœur a gardé la mémoire
Qu'à mes accents émus, pendant cinq ans entiers,
Vos arrêts paternels ont couvert mes foyers,
Berceau de mes enfants, ma tombe un jour peut-être,
Que vous auriez sauvés, oh! s'ils avaient pu l'être?
Suffira-t-il jamais d'un cœur tel que le mien
Pour payer en respects un si noble soutien!
Et moi depuis longtemps qui descends ma carrière,
Comme un pur sacerdoce envisagée entière,
Qui de l'espoir d'un nom tourmenté sans repos,
Tout jeune buissonnais parmi nos tribunaux,
Entraîné par l'aspect des longues chevelures,
En flots majestueux roulant jusqu'aux ceintures,
Dans les plus beaux débris de nos vieux parlements
Aspirais l'art nourri des graves ornements,
Des Berryer, des Bonnet magie enchanteresse,
N'ôtant rien à la force, augmentant la richesse,
Je dus tout à mon art, femme, famille, appui,
Ce charme qui m'éveille avant que l'aube ait lui,

M'attire vers ce seuil où Marnier, notre estime,
M'offre un livre où je pille un arrêt, une rime;
Et ce double bonheur également si doux,
De partager mes jours entre mes fils et vous,
Pour biens, mes désirs purs et mon nom pour éloge,
Inscrit depuis longtemps au long martyrologe
Des ouvriers du front, Sysiphes d'un espoir
Qui le matin s'élève et retombe le soir.
Qu'importe! elle est aux cieux l'immortelle espérance!
Qui donc doit mettre un terme à sa persévérance?
De mes enfants pressés, quand l'aimable rempart
De mes lèvres attend le baiser du départ,
Parmi leurs blonds cheveux passant ma main errante,
De l'autre à l'éternel j'offre ma foi fervente,
Peines, sueurs, tourments, tout s'envole à la fois,
Je reste invulnérable, insensible à leur poids.
Devinée à mes pas, le soir à ma rentrée,
Oh! chefs-d'œuvre d'une heure au travail consacrée!
La page hiéroglyphique à lire! à louanger!
Un vers tendre, inspiré. charmant à corriger!
En essuyant mon front toutes pour leurs merveilles,
Adressent à la fois requête à mes oreilles,
Oh respects! ma douleur! fût-il nuit, le repas
Devant mon siége veuf ne se commence pas!
Art que pour mes enfants je chéris, que j'adore!
Dont j'ai tant obtenu, dont j'attends plus encore,
Laisse-moi prendre encore à tes saintes clartés,
Ma part à ton banquet des dons que j'ai vantés;
Que l'arène vingt ans à mon courage s'ouvre,
De tes félicités qu'un doux rayon me couvre,
Dans le bien, dans l'honneur, par un seul front nourris,
Autour de mon foyer compte ces fronts chéris,

Mes enfants ! sur la rive où leur destin m'appelle,
Puissent-ils voir le calme accueillir leur nacelle.

———————

Poëte de Thémis, avocat d'Apollon,
Du Sinaï brûlant passant au frais vallon ;
De règle point, j'ai craint de travestir la prose,
J'ai semé sur notre art quelques feuilles de rose ;
Heureux si quelque temps, grâce au conservateur,
Vivent sur nos rayons ces vers nés dans mon cœur !

AUGUSTE **BONJOUR**, Avocat.

Ivry, mai 1858.

UNE MESSE

AUX MADELONNETTES

DÉDIÉE

A M. L'ABBÉ BILLETTE,

Aumônier de cette Maison.

Sous ces paisibles murs ouverts au repentir
Qu'ils sont purs les accents, Seigneur pour te bénir!
Non loin de cet enclos qui, dans ton sein naguère,
Sous de froids souvenirs que déplore notre ère,
Montrait encore debout, ce Wesminster français,
Où, des voûtes du Louvre exilé pour jamais,
Longtemps un royal couple expia nos tourmentes,
Où, chaque soir aux feux de torches menaçantes,
Aux clameurs escortant de hideux étendards,
Calme, il rêvait au sort du dernier des Stuarts,
Plus modeste, aussi sombre, asile aussi des peines,
Jadis piscine ouverte aux pleurs des Madeleines,
Un autre monument en des détours obscurs
Par respect pour nos maux semble cacher ses murs;
C'est là que vers le ciel les flots de la prière,
Portent le repentir, que la douleur espère,

Aux plaintes d'un captif, je venais attiré,
C'était jour au repos, au Seigneur consacré,
Le geôlier, oh! ce mot ne glace plus notre âme,
Comme aux jours où chaque heure était le sang! la flamme!
Ce n'est plus l'être informe aux regards courroucés,
Coiffé d'un vil chat-tigre aux poils roux hérissés,
Des pistolets, des clefs, bruyant à la ceinture,
Les lèvres écumant sous le vin et l'injure;
Tout a suivi les mœurs, hommes, lois, réglements,
Soins aux fragilités, douceurs aux châtiments,
De la rive orageuse où fléchit l'innocence,
Quel homme ouvre à vos pas le seuil de pénitence?
L'homme au paisible front, dont l'accueil simple, humain,
Écoute vos récits, vous console et vous plaint,
Souvent c'est le soldat aux nobles cicatrices,
Dont l'étoile d'honneur a payé les services.
Le geôlier donc s'incline et m'oppose à regrets
Ce jour qui des reclus vient me fermer l'accès,
Pour l'un, le lendemain, la justice était prête,
J'adresse au chef du lieu, ma pressante requête.
« D'accord, me répond-il, — daignez m'attendre ici,
» Mes livres, mes journaux, tout à votre merci,
» Mes enfants, vers l'autel où l'hymne saint commence,
» En deux rangs partagés attendent ma présence,
» Peu d'instants. -- Oh! pourquoi ne point suivre vos pas?
» — Notre temple à vos yeux aurait bien peu d'appas,
» Si modeste! — » En tous lieux au cœur droit qui l'appelle
» Dans toute sa grandeur le Très-Haut se révèle.
J'entre..... quel goût sévère en sa simplicité!
De Dieu seul en ces lieux je sens la majesté!
Au pécheur attendri tout parle de clémence;
Le Christ rendant pour lui sa suprême souffrance!...

O pénétrant symbole ! aux panneaux de l'autel
L'agneau versant les flots de son sang immortel !
Les traits resplendissant d'une grâce profonde
La Vierge et dans ses bras le Rédempteur du Monde !
Bethléem ! Golgotha ! rayonnant à la fois
Sous le bois de la crèche et le bois de la croix !
Déjà dans tous les rangs , pour la sainte prière,
Se répand des captifs le livre héréditaire,
Que de pleurs ont coulé sur ces humbles feuillets !
Quels doux instants sur l'âme aux heureux qu'ils ont faits !
Que de recueillement, quelle ferveur extrême !
En vain sur tous ces fronts je cherche l'anathême,
Sous l.s flots du parfum que son urne a versé
De la religion les feux l'ont effacé.
Mais le prêtre s'assied et l'orateur commence,
D'espoir consolateur quel horizon immense !
Quel titre rassurant sa tendresse a cherché !
Bénissez-nous, grand Dieu ! nous avons tant péché !
Quoi ! nos honteux écarts de ta pure doctrine
Pour droits à ta clémence, à ta grâce divine !
Quoi ! ces énormités, ici-bas sans pardons,
Des sources de ton sein obtiendraient tous les dons !
Oui , la vertu te plaît , primitive et sans tache ,
Mais ta bonté sans borne à nos erreurs s'attache,
Non sévère , imposante , et demandant pour prix
Nos jours en holocauste et sous les pleurs flétris,
Nos cris dans le désert longtemps perdus, mais vive ,
Pressante et s'avançant vers la honte craintive,
L'invitant, l'entraînant sans se lasser jamais,
Dans tes bras paternels à force de bienfaits !
O justice des cieux ! ô justice des hommes !
Toujours punir, frapper sur la terre où nous sommes !

Pour la grâce impuissance! un glaive, des bourreaux!
Malgré nos pleurs l'exil, de lugubres barreaux,
Et Dieu, quand aux remords le pécheur s'abandonne,
Étend vers lui sa main, le relève et pardonne!
Oh! pourquoi dans nos cœurs tant de fragilités!
Toujours le châtiment debout à nos côtés!
Voulais-tu, Dieu qui fis notre être à ton image,
Le perdre en lui donnant la faiblesse en partage?
Non, tu le créas libre, à ce bienfait si beau
De ta religion tu joignis le flambeau.
Douce religion! ô sage et tendre mère,
Qui nous prend au berceau, suit nos pas, les éclaire,
C'est sa main qui glissa parmi nos premiers jours
Son germe en vain foulé qui refleurit toujours,
Dans nos obscurités c'est l'auréole sainte
De l'ange, qui debout au bord du labyrinthe,
Écoute, frappe, attend, entr'ouvre avec douceur
La porte où de son corps resplendit la blancheur,
C'est au désert, les nuits, devançant notre tête!
La colonne de feu qui sur l'écueil s'arrête!
C'est le pied de la croix qu'en ses derniers combats
L'innocence en péril saisit entre ses bras!
C'est l'apparition r'ouvrant notre paupière!
C'est la voix qui nous crie à notre heure dernière:
« Reconnais-moi! je suis le Dieu de ton berceau!
» De l'éternel bonheur je t'apporte le sceau! »
C'est Dieu même! oui! son bras! Dieu penché sur l'abime
Arrachant aux démons leur mourante victime!
Mais le prêtre aux accents des cantiques sacrés,
Lentement de l'autel remonte les degrés,
S'incline, se recueille et de sa lèvre pure
Baise son bois caché sous sa blanche parure

Bientôt sa voix s'élève et ses fervents transports,
De l'hymne au trois fois saint font vibrer les accords,
L'hozanna, chœur divin d'éternelles louanges
Au berceau du Seigneur chanté par les archanges !
O tintement pieux ? ô moment solennel !
Ses deux genoux fléchis, les bras levés au ciel !
Un sang mystérieux sous le vin du calice !
La victime immortelle au sein du sacrifice !
Tous ces fronts d'un bandeau de douleurs couronnés,
Aux dalles de la nef ensemble prosternés !
L'hymne *ô Salutaris !* cette oraison féconde,
Que, transfuges aussi des ténèbres du monde,
D'humbles élus des arts, oh ! qui n'a sa douleur !
D'une âme transportée exécutent en chœur !
Ces vitraux, à travers leur légende mystique,
Répandant leur clarté bleuâtre et monastique !
Ces soupirs douloureux, ces timides sanglots,
Parfois de la prière entrecoupant les mots,
Peut-être à cette image, accablante pensée :
Qu'au même instant, aux pieds d'un autre autel pressée,
Par un lien céleste à ces gémissements
Une famille en pleurs répond par ses tourments !
O malheureux cent fois en ce moment terrible
A tant de majesté le cœur inaccessible !
J'ai cru voir, oui j'ai vu l'envoyé du Seigneur,
Descendre d'un nuage éclatant de blancheur !
D'un transparent azur ses ailes étendues
Sur tous ces fronts planer un instant suspendues !
Il semblait recueillir pour les porter aux cieux
De ces infortunés les accents et les vœux.
Suspends, suspends ton vol, ô céleste émissaire,
Prends leurs chants, prends les miens dans l'hymne populaire :

Veille aux jours du Monarque, ô Seigneur! sous ta main
Abrite encor longtemps son pouvoir souverain,
Lui, qui ses bras tendus aux mourants de la Loire,
A fait battre des mains l'hémisphère à sa gloire!
Exauce ma prière, et qu'aux jours de douleur
Quand ils t'invoqueront il exauce la leur.
Tout se tait, on se lève et la paisible foule,
Les bras croisés, soumise, avec ordre s'écoule,
Ému, je croyais voir, s'éloignant de ces lieux,
De Cénobytes saints les pas religieux.
Autels improvisés sous les mains de la gloire
A la cime des monts conquis par la victoire,
Vers ces remparts fumants par nos boulets meurtris.
Ces fiers guerriers hier, aujourd'hui froids débris,
Tous ces volcans de bronze endormis sur la terre,
Dont la poudre et la flamme ont noirci le cratère,
Te Deum, répété par les voix du canon,
Dans l'écho des déserts chant terrible et sans nom,
Qui, dans des tourbillons d'encens et de fumée,
Porte au Dieu des combats l'hommage d'une armée,
Sous ces casques pressés en bataillons nombreux
Qu'un soleil éclatant fait briller de ses feux,
Au salut des tambours roulant sur la colline
Trouverez-vous ces fronts qu'une ardeur sainte incline?
Le guerrier, s'appuyant sur son glaive émoussé,
Songe aux coups de la veille, au sang qu'il a versé!
Toi dont l'assise immense, étonnement de Rome,
Épuisa le génie et l'audace de l'homme,
Vatican! dont le nom retrace au voyageur
Ses plus beaux souvenirs de plus grande splendeur!
Basilique imposante, où partout pour louange,
Chaque marbre est signé Raphaël, Michel-Ange.

Où peuvent cent autels consacrer à la fois
Sans confondre un instant leur encens ni leur voix !
Où, las de remonter de colonne en colonne,
Le regard au vertige, à l'effroi s'abandonne,
S'arrête, se repose au front des chapiteaux
Se perd où la coupole arrondit ses arceaux !
Aux fêtes du Seigneur, ouvre-moi ton enceinte
D'arcs-en-ciel de cristaux, de bandeaux de feux ceinte,
Où d'échos en échos, l'orgue retentissant
De sons majestueux remplit l'air frémissant !
Où l'encens qui s'élève en flots pieux s'allie
Aux fleurs que parfuma le soleil d'Italie !
Où l'or pend en festons aux plis des longs manteaux
Que traîne sur ses pas l'ordre des cardinaux,
Prélature romaine et la Cour du saint Siége,
Où du sein des splendeurs de ce royal cortége
Le pasteur souverain, le délégué du ciel
L'héritier de saint Pierre apparaît vers l'autel !
Merveilleux sanctuaire ! indescriptible scène !
Où tout vers l'infini nous porte et nous entraîne !
Où de l'être au Très-Haut nous sentons le lien,
Où l'on entre incrédule et d'où l'on sort chrétien !
Oh ! trop souvent l'esprit envahi des prestiges
Que verse autour de lui ce monde de prodiges,
Oublie en admirant, vers ce dôme tendu,
Sublime aérostat dans les cieux suspendu,
L'architecte divin, sa puissance féconde,
Un être plus puissant, l'architecte du monde !
Mais aux modestes lieux ouverts au repentir
Qu'ils sont purs les accents, Seigneur pour te bénir !
Là, les arts n'offrent point ces fresques palpitantes
Du siècle de Léon merveilles éclatantes :

La Vierge sur le trône ou le saint Sacrement
Doctement disputé dans son pur fondement,
Les flammes d'*el borgo*, la Vierge au donataire,
Le génie atteignant sa plus sublime sphère,
L'école athénienne ! œuvres où Raphaël
Au ciel rendait les dons qu'il recevait du ciel !
Mais le Christ, l'agneau pur et la vierge Marie,
Dans les bras son enfant qui de ses deux mains prie,
Dans l'ombre de l'autel, comme une vision,
Du soleil s'inclinant parfois un beau rayon
Vient sur ces fronts divins reposer sa lumière,
Double éclat radieux ! pompe du sanctuaire !
Là des transports des sens la piété du cœur,
Naissant, brûlant de soi, n'attend point sa ferveur,
Du regard transparent la fixité pensive
Montre en ses feux profonds l'âme contemplative,
Elle ne voit que Dieu, rien n'est plus beau, plus grand,
Que l'amour que Dieu seul prête à l'être souffrant,
Sans pompe, sans splendeur, c'est le Dieu de clémence,
Sa divinité seule est sa magnificence !
Sous ces plaisibles murs ouverts au repentir
Qu'ils sont purs les accents, Seigneur, pour te bénir !

Auguste **BONJOUR**, Avocat.

Ivry, Juillet 1858.

Paris. — Imp. Félix Malteste et Cⁱᵉ, rue des Deux-Portes-St-Sauveur, 22.

www.ingramcontent.com/pod-product-compliance
Lightning Source LLC
Chambersburg PA
CBHW061630180626

46818CB00005B/2308